W9-BFK-401

NOV 2015

ALFAGUARA MR

INFANTIL

ALFAGUARA^MR
INFANTIL

UNA PLAZA UN POCO RARA

D.R. © del texto: Ana María Shua, 2008
D.R. © de las ilustraciones: Luciana Feito, 2008
D.R. © Aguilar, Altea, Taurus, Alfaguara S. A., 2008

D. R. © de esta edición:
Editorial Santillana, S. A. de C. V., 2013
Av. Río Mixcoac 274, Col. Acacias
03240, México, D.F.

Alfaguara Infantil es un sello editorial de **Grupo Prisa**, licenciado a favor
de Editorial Santillana, S. A. de C. V.

Éstas son sus sedes:

Argentina, Bolivia, Chile, Colombia, Costa Rica, Ecuador, El Salvador, España,
Estados Unidos, Guatemala, México, Panamá, Paraguay, Perú, Puerto Rico, República
Dominicana, Uruguay y Venezuela.

Primera edición: noviembre de 2013
Primera reimpresión: abril de 2014

ISBN: 978-607-01-1900-2

Impreso en México

SANTILLANA·

Una plaza
un poco rara

Ana María Shua

Ilustraciones de Luciana Feito

ALFAGUARA MR

INFANTIL

En esta plaza hay
un escarabajo gigante
que se tira por el tobogán.

Arriba de un árbol,
una mamá, sentada en un nido,
empolla sus huevitos.

Un caballo de carrusel
pasa vendiendo helados.

Las estatuas se refrescan
tirándose agua del bebedero.

Dos árboles viejos
juegan al ajedrez
en un rincón.

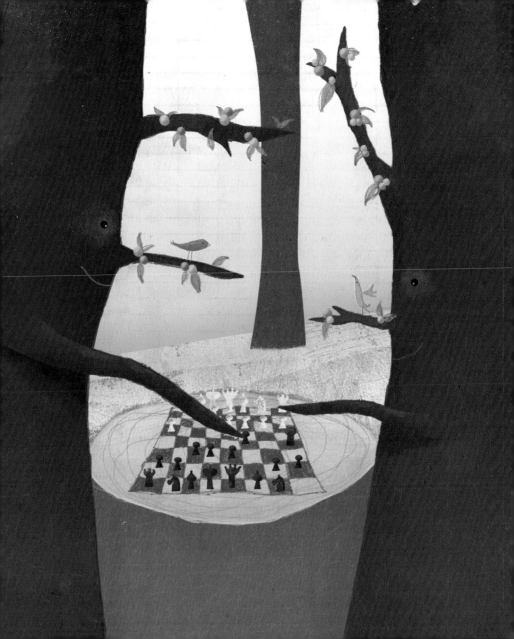

Las hormigas, trepándose
en grandes montones, se
divierten en el subibaja.

Unas cuantas mariposas
están sentadas en las bancas,
tejiendo y charlando.

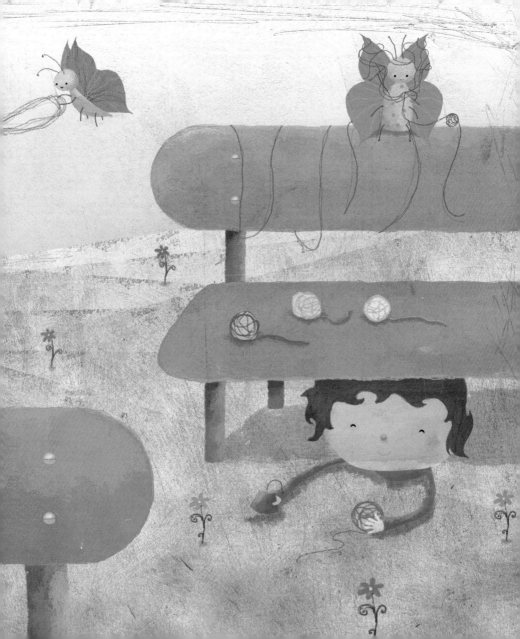

Varias señoras vuelan
de flor en flor.

El volantín está lleno
de perros y gatos
muy contentos y mareados.

Cuatro viejitos jubilados
se persiguen jugando
a las traes.

Las palomas les tiran
caramelos a los niños.
Tratando de agarrarlos,
los niños hacen
tanto ruido...

¡que me despiertan!

Ana María Shua

Cuando nací (en Buenos Aires, en 1951), no tenía ningún año, pero después fui juntando un montón. Al poco tiempo aprendí a leer y nunca más pude parar: sigo leyendo y leyendo desde entonces. De tanto leer, me dieron ganas de escribir y ahora ya escribí como ochenta libros. Por ejemplo, *Un circo un poco raro, Mascotas inventadas, Caracol presta su casa* o *Las cosas que odio* (en verso). Gané muchos premios y me hice un poco famosa. También tengo tres hijas, que ya son gente grande.

Este libro se terminó de imprimir en el mes de
Abril del 2014, en Impresos Vacha, S.A. de C.V.
Juan Hernández y Dávalos Núm. 47, Col. Algarín,
México, D.F., CP 06880, Del. Cuauhtémoc.